新世紀叢書

當代重要思潮・人文心靈・宗教・社會文化關懷

無盡的讚歌

UN HOSANNA SANS FIN

就和所有的死亡一樣，所有的出生都是個謎，
而此謎的難度也許比死亡更甚。

讓・端木松 法蘭西學院終身院士
Jean d'Ormesson

張穎綺 譯

那些瘋狂的人們，他們不知死亡和黑暗的命運已守在近旁，早晚會將他們掩埋入土。

——荷馬（Homére）

唯有在活著的這段時間，我才是獨一無二，有別於那些非我的他者。

——波舒哀（Bossuet）

致讀者

二〇一七年六月那時候，我父親很幸福。夏季將至——一個可以大啖新鮮覆盆子（灑上滿滿糖粉）、到海水浴場曬日光浴、赤腳走在莫泰拉角（pointe de la Mortella）古代海關小徑的季節。他剛寫完《我，始終活著》（*Et moi, je vis toujours*，二〇一八年初由伽利瑪出版社出版），已開始動筆寫他的第三十八本書。在九十二歲之齡還有精力重拾寫作樂趣，對他來說簡直是奇蹟。儘管身體有恙，但以《宛如希望之歌》打頭陣、由《迷途者指南》（*Guide des égarés*）接續的三部曲計畫可望有始有終，這讓他開心不已。

接下來的六個月，從六月到十二月，他欣喜滿足看著手稿一頁頁累積，雖然從秋末開始，原本工整的藍筆字跡變得抖動。

父親始終維持著老派的手寫習慣。他沒有電腦，不用打字機。他每週把完成的幾頁手稿送去打字。隔週拿回繕打好的稿子後，會對照原稿仔細重讀一遍，確認有無誤讀錯打之處，接著重新修改、潤飾原來的內容。修過的稿子會再送去繕打。每次拿到打字稿，他總是從第一行再讀一遍。如此這般，一部作品起碼經過上百遍的精梳細理。就像一個緩慢的「熟成」或是層層上釉的過程，他月復一月精煉自己寫出的字句。他謹慎檢查每個標點符號、文字排版、日期數字、引用的作品書名，一絲不苟地斟酌度量每一個用字，同時繼續書寫後續內容。等到最後一字落筆完成，他會先將全稿暫時擱置，接著花數個月時間繼續修潤打字稿，糾正任何不連貫處，進行最後的去蕪存菁。即便已寫下作品的最後一個字，意味著還有數個月之長的後續工作要做。

十二月三日星期日那天，父親將《無盡的讚歌》結尾手稿交到一直以來幫他繕打的年輕女打字員手中。他在十二月五日離世，沒能夠像慣常一樣重讀最後那幾頁的內容。不僅僅是最後幾頁沒能經過他的校閱，《無盡的讚歌》跟他過去三十七部作品毫不相同的是，這是唯一一本未經他本人鉅細靡遺反覆審訂過的書。

這本書，我父親是寫完了，但並未真正完成。或可以說他完成了，但並未真正地定稿。

本書行文明晰簡潔，但在他眼中肯定仍然有需要修正或刪減的贅詞冗語以及欠精準的用詞。而我選擇以此原貌將它付梓。不以某個句子還未完成的理由就擅自刪去它，沒為了說明某個初具雛形的概念就任意添字加句。我禁止自己去介入、去做出任何更動。那會剝奪它的原汁原味。是以假代真。我需要做的只有說明這部遺作的編輯方式。

依我之見，家父的這部最後作品風味分毫未減，縱有寥寥幾個不盡完美處，它仍是一部無比清晰凝練的傑作。

愛洛伊絲・端木松

就和所有的死亡一樣，所有的出生都是個謎，而此謎的難度也許比死亡更甚。

——讓·端木松

1

感謝上蒼，我會死。就和所有人一樣。就和你們一樣。很可能先你們一步：畢竟我已經活了很久，我的人生道路已接近盡頭。儘管死亡必定會到來，但也沒有任何事比它更隨性而至了。任何一位小我許多歲、身強體健的讀者也可能比我先死。世事難料。這本小書開宗明義必須強調的是：沒有任何一件事是確定的。

在這世上可能會發生、充滿不確定性的眾多事物當中，只有兩件事是確鑿無疑的。第一：我們已經出生。第二：我們會死。只要活著，誰都別想逃脫死亡的命運。我們活著，所以我們都會死。波舒哀寫道：「從出生起，我就受到有生就必死的法則支配。」

2

我們會死，道理很簡單，因為我們活過。那麼我們究竟為什麼要出生？我們來到世上真的有必要嗎？甚而對這個世界非常有益嗎？每個人的出生都是預定好的嗎？或者純粹屬於偶然？是否有一條律法規定我們在生命終結時死去？最初是否有一條律法規定我們要活？

就和所有的死亡一樣，所有的出生都是個謎，而此謎的難度也許比死亡更甚。

3

沒有人問過我們的意見，沒問過你們，沒問過我，沒問過任何一個活著的人：我們是否願意到圍繞著太陽運轉的八大行星裡的其中一顆，就像度個長週末一樣，在那裡待上一陣子。你們都會承認，這實在太過分了。我們的生命不屬於我們自己。它不是我們要求來的，並非我們選擇的，甚至不是我們同意接受的。它是我們被迫收下的一個餽贈——或者更恰當地說，一個出借物。我們無償就取得其使用權。或者說，我們非運用它不可。

一切的拍板定案毫無我們置喙的餘地。了不得。我們在生命舞台粉墨登場這件事，與我們自己完全不相干。起碼到現今為止，人的出生只涉及一個男人與一個女人之間展開的那些私密（總之在我們不知情下）互動——我們每個人都毫不陌生、但是從不願想像自己的父母有過的那類交流。接著，我們就蹦出來了，多奇妙啊，我們就擁有了生命。就這樣。

我們對自己的生命或許負有一部分責任。我們有時候可能還得為自己的死亡負責，即使不是死亡本身，起碼是死亡的日期。但我們的出生絕非自己的責任。古哲先賢對此抒發的感慨不勝枚舉，例如流傳三千年的《傳道書》說：「虛空的虛空，凡事都是虛空！⋯⋯」；索福克勒斯（Sophocle）在《伊底帕斯王》寫道：「不生在世上則尤為萬幸，若不然，出生後則求盡快返回源頭⋯⋯」；蕭沆（Cioran）直言：「我未曾生養的那些孩子並不知道他們欠我多大的恩情」；三位作者都怨嘆自己的出生，三人都把生視為苦，都厭惡為世上創造增添新生命。活著的我們，首先都是受害者。承受活著然後死去——一個並非我們選擇而是強加於我們身上的命運。

4

出生在今日和出生在昨天完全是兩碼了事。出生在明日又是另一回事。十九世紀初期的法國是當時全球最先進國家之一，女性平均壽命為三十歲。而全世界人口還不到十億。眾所皆知，經過兩百年後的現在，全球人口成長許多，人們的平均壽命大為延長，新生兒死亡率大幅降低。

這個微不足道（多虧人類才讓它出類拔萃）的地球上目前約有七、八十億人口。距今兩千年前，基督宗教剛創立那時候，全世界有兩億五千萬人口。距今兩千四、五百年前，伯里克里斯（Périclès）、柏拉圖、索福克勒斯及菲迪亞斯（Phidias）生活的時代，世界上的人口僅有一億五千萬人。足足少了一億。跟現今人口相較的話，則是七十億的差距。

距今越久遠的年代，人類數量也越少。再往前回溯一點，數量便不到一億人，繼續再往前推，很快就來到少於一百萬的數字。在某段時期，我們人類祖先的數量僅有數千萬人，在別段時期甚至只有數千人。全球人口數在十九世紀才首度跨過十億大關。從那時起，人口成長速度有如一飛沖天，經過約一個世紀即達到六十億。科學也在那段期間取得突飛猛進的發展。如今科學整體的進展態勢依然蓬勃昂揚，雖則利弊交織、褒貶並存。

5

你們出生。是為了最終要死。在那以前，總得活著。

活著是每時每刻的事務。是最扣人心弦的體驗。是獨一無二的冒險。是最出色的一部小說。很多時候是麻煩。更多時候是苦難。有時何嘗不是幸運，有時又是恩典。它始終是驚喜、驚奇，偶爾會變成驚愕。

6

活著這件事有其限度。第二次世界大戰後，當時紅極一時（如今已被遺忘）的哲學家沙特主張：「人是完全自由的」。不，我們並不自由。我們不是神，甚至也不是半神半人。我們是靈長類動物，莫名所以、像奇蹟似地得到一個了不得的天賦：會思考。

我們並非無所不能，事實遠非如此。我們無法說變就變成另一個人，無法讓時間重來，無法像《伊利亞德》（*Iliade*）和《奧德賽》裡的雅典娜或赫耳墨斯那樣在空中飛翔，我們無法拒絕降生在世上，無法避免死亡命運。不過擁有生命最令人興奮的一點是（就算它太短暫，就算它乏善可陳），除上述以外的一切事，活著的人幾乎沒有什麼不能做的。

7

你可以當聖徒，當英雄，當惡棍，當懦夫。真人實例不乏其數。你可以買巴比倫的彩券[1]，進而贏得頭彩（博奕遊戲總有贏家），你可以計算出地球到月球的距離，發現萬有引力，攀登聖母峰，潛入深海裡，發明車輪，發明文字，發明烤麵包機，罹上癌症，患上愛滋病，染上流行性腮腺炎，你可以入住紐約市的廣場飯店或皮埃爾飯店，雙手插口袋走出大門卻不慎踩空一個階梯而跌死，或是在巴黎傷兵院旁行走，遭四十三號公車撞上，被送進科欽醫院或拉布阿謝爾醫院（取決於哪一家有空床位），最後搶救無效而離世。你可以發起革命（史上早有前例），推翻某個數學理論，寫出《墓中回憶錄》（*Mémoires d'outretombe*）[2]或

《追憶似水年華》（*À la recherche du temps perdu*）[3]，征服西亞直抵印度河流域，建造泰姬瑪哈陵，建立阿布辛貝神殿，畫出《君士坦丁之夢》[4]。對，這些你都能做得到。

噢，恐怕也未必見得。因為沒有任何事是確定的，沒有任何事是必然的，在我們所居住的世界裡，一個由時間宰制的世界裡，一切事物都是偶然下的產物。這世上的一切都是偶發的，短暫的，無用的，任何事物和任何人事先就注定逃脫不了唯一的一個真實，唯一的一個必然，那就是：一切都會結束，會被遺忘，會消失，會死亡。

1 譯注：典故來自於波赫士（Jorge Luis Borges）的短篇小說《巴比倫的彩券》。

2 譯註：夏多布里昂（François-René de Chateaubriand）所著。

3 譯註：普魯斯特（Marcel Proust）所著。

4 譯註：法蘭契斯卡（Piero della Francesca）所繪的壁畫。

8

儘管這個世界與我們擁有的生命都受到時間的制約，有死亡在虎視眈眈，有不確定感引發困惑苦惱，但千萬別認為人世間不啻是地獄。事實遠非如此：我們的世界和生命是夢境，是樂園。

一些非常偉大的人和我自己都歌詠過世間與生命。歌德寫道：「Wie es auch sei, das Leben ist gut」，無論生命是什麼，它是美好的。

生命可能顯得太漫長，太殘酷，太悲慘，但它始終太短暫。我們花太多時間在抱怨，在悲嘆自己的命運，我們不止一次痛恨、不止一次咒罵活著這件事，但我們依戀生命甚於任何人和任何事（若有例外，很可能只是因為愛、職責、熱情、對自身的評價等理由）。

在幸福的時候，在快樂的時候，在熱戀的時候，生命是恩惠。即使陷入憂鬱，陷入絕望，當生命已成詛咒之時，它也是一個難以脫離、幾乎不可能脫離的詛咒。我們知道離開世間意味什麼，或說我們自以為知道。但是接下來有什麼在等著我們，我們對此一無所知。想到我們遲早會進入未知當中，我們的內心就充滿焦慮。

9

自從人類是人類以來，他們就苦苦尋思死後有什麼在等著他們。甚至可以說，是這樣一個疑問將人類和其他生物區分開來。從印度的《梨俱吠陀》（*Rig-Veda*）、美索不達尼亞的《吉爾伽美什》（*Gilgamesh*）、埃及的《亡者之書》到柏拉圖、普羅丁（Plotin）以及阿奎那（Thomas d'Aquin），從《古蘭經》、波舒哀到馬克思、恩格斯以及費爾巴哈，從天主教堂牆面上描繪的死神之舞主題到貝璣（Péguy）和克洛岱爾（Claudel），數千年來，死亡的概念和它的幽靈、它的再現催生出多不勝數的作品——恐懼和希望，汲汲探求真理和排除異己，想像力和理性，在其中激盪交融。

為了與我們的生命、死亡和命運所引發的焦慮相對抗，為了回答那些往往尚未明確闡述的問題，各世代的人提出形形色色的論點。例如：這個世界與我們擁有的生命並非如我們想當然耳的那樣，是一個固若金湯、耐久不變的現實，反而僅僅是個幻象，僅僅是個或多或少有連貫性的連續夢境，一個悠長的集體夢境。我們睡覺時都會做夢，夢裡一樣有疑惑、諷刺、最細微的感受和最激昂的熱情，一樣覺得一切無比真實。我們甚至會夢見自己從夢中醒來，而回到的現實世界依舊是夢裡。或許生命不過是一連串不斷變化幻象的最新狀態？那麼，死亡即是從夢中甦醒，是一次真正的醒來，從而結束掉只是夢一場的那個人生。又或許，由死亡徹底了結的這個世界和這個生命才是唯一的真實？各種互斥、相左、矛盾的見解與理論皆曾被端上檯面正面交鋒。

那些極其晦澀難解的辯論內容，一言以蔽之就是，一些人相信死後就回歸虛無，另一些人認為死後將迎來全新的一場冒險與又一波幻象，還有一些人堅信死後將進入平安、平靜、永恆的居所——雖然對於活在時間中的人類來說，著實難以想像永恆究竟是什麼。

10

很顯然，最簡單的一個假設是：我們死後就回歸虛無。一旦脫離了生命，我們便回到出生前的狀態——如果沒有機率微小的偶然讓我們降生於世，我們會一直處於的那種狀態。出生之前，死亡之後，是無色無形，是空無，是時間的消失，是烏有，是永恆的靜寂，我們一輩子關心在意的形體樣貌統統不復存在。除了我們活過的生命以外，在出生之前和死亡之後，也不存在任何其他的真實和任何別的希望。我們的生命是我們唯一擁有的寶物。

我們出生之前在哪裡呢？答案再簡單不過：不在任何地方。我們死亡之後會在哪裡呢？答案再明白不過：在靜寂與永恆的平靜裡，而那裡也是我們出生之前所在的地方。也就是說，我們再一次地，不在任何地方。

11

耶穌誕生前五百年，穆罕默德誕生前一千餘年，在印度北部距離喜馬拉雅山不遠處，人類歷史上的一位偉大人物——通常被稱為佛陀（Bouddha）的釋迦族成員悉達多．喬達摩（Siddhartha Gautama），他重新定義論述印度婆羅門教的生死輪迴說並加以發揚光大。

「輪迴」這個語意略微模糊的通行語彙，指的是靈魂寄居於不同軀體裡反覆經歷死生——意即世上的靈魂數量會少於活著或活過的肉體。靈魂轉世的觀念舉世可見，不只見諸於亞洲其他地方，例如古希臘哲學家畢達哥拉斯（Pythagore）也主張此學說。然而，輪迴思想卻是在印度教及後來的佛教才臻於完善。

靈魂轉世說和人死後乃回歸虛無的主張其實殊途同歸，最後達到的也是「無我」。這個世界既是殘酷的幻象，僅有憑藉忘卻自己、抱持慈悲心以及優先考量他人的利益，才能夠尋求到生命的答案和解決之道。在一期轉世結束後，靈魂會進入另一個新的軀體內——人類軀體或動物軀體，變成大象或變成小蟲子——各有其優缺點。來生會成為什麼形態，取決於印度教所稱的「業力」（karma）。根據每次轉世累積的業力，靈魂來生可能墮落到「惡道」，或者上升到「善道」，佛教修行者所追求的最高目標即是解脫輪迴之苦，達到涅槃的清淨境界。

12

對西方人而言或許更熟悉、更具樂觀性、更撫慰人心的一個假設（反對者照樣駁斥不可能為真），它與一個誕生得相當晚的一神教有密切關聯。此假設主張有另一個世界存在，通常稱為「地獄」或「天堂」，人死後可進入只有美善、正義與真理的天堂，並根據生前的行為功業，領取他們在滾滾紅塵走一遭的實習薪餉——即使我們厚顏稱為「真實」的世間，可能僅僅是個脆弱不穩、短暫倏忽的夢境。

基督宗教（天主教、新教和東正教）與伊斯蘭宗教（遜尼派和什葉派）雖在許多觀點上南轅北轍，但兩者都對一個信念深信不疑：在我們生活的現實世界以外還存在另一個真實，那個世界更好、更美麗。

13

無論我們身處的這個世界和擁有的這個生命是夢境亦或現實（它們看來非常真實，但眼見不一定為實），實情是，我們對自己的命運全然一無所知。我們不知曉我們從何處來，也不明白我們為什麼來到這世上，更不知道我們在遲早會到來、不可避免的未來會面臨什麼。

這是困擾我們的唯一一個終極問題。我們不斷找機會忘記它，否認它，以大堆空話和廢話來粉飾太平。但是，無論世紀如何更迭、世代如何交替，它執拗地一再復返。

14

死亡不僅是所有生命的終點。我們對它的未知及它所引發的焦慮，早已融入我們在這個似真亦假星球上的所有「表現」（manifestation）之中。儘管死亡這個詞彙被謹慎地迴避，它實際上是藝術、科學、所有文學作品、所有哲學思想的核心主題。

當蘇格拉底斷言自己一無所知，他簡直像在嘲笑我們。蘇格拉底知曉他在那個時代所能知曉的一切。他知道同時代的赫拉克利特（Héraclite）和巴門尼德（Parménide）（兩人幾乎可稱得上是官方哲學家）。他對雅典和希臘的歷史知之甚詳。他從未輕忽自己的城邦面臨的危機。他也和後來的柏拉圖和亞里斯多德一樣，完全了解他那個時代的政治現況（甚而最後淪為政治的犧牲品）。他所不知的，是自己的命運（就跟我們所有人一樣）。他認為肉體會死，靈魂不滅——不過坦白說，他根本無從確定這是不是事實。

蒙田和他的那句名言「我知道什麼」，也是一樣的道理。他什麼都知道。在他的《隨筆》裡，他觀察自己的時代，旁徵博引古往今來歷史事例，將古希臘和古羅馬經典作品信手拈來。他所不知曉的，是最核心的課題：他來到這世上做什麼？一旦離開這個世間以後，他會成為什麼樣子？

波舒哀在《關於死亡的講道》（*Sermon sur la mort*）裡強調，活著的人是刻意地避談死亡，他寫道：「葬禮上迴盪的只有驚呼聲：這個『會死之身』（mortel）竟然死（mort）了。」

帕斯卡（Pascal）也曾提出睿智高見。是他率先看清並點出一項事實：我們之所以發明各式各樣名堂、從低俗到高尚應有盡有的日常消遣（愛，知識，藝術，美，權力，工作，金錢，運動，遊戲，各種刺激冒險……），主要為的是轉移注意力，避免去想唯一一個重要的問題：死亡與我們在永恆裡的命運。

15

真令人驚訝，只有在這個問題上，世上沒有任何一個人會比別人知道更多。傻子與天才，高官顯貴與販夫走卒，博學多聞者與井底之蛙，同樣都無可奈何地陷入困惑之中。

擁有一切的人和一無所有的人，知曉一切的人和一無所知的人，他們是天差地遠的兩類人。他們之間大概只有這一個共同點了：無論是通曉一切的人或蒙昧無知的人，他們都不知道永恆裡——直到永永遠遠的永恆（起碼是時間之外的永恆）——有什麼在等著他們……就連二十年後、十年後、下週或明天會發生的事，他們也一概不知。我們猶如矇著眼過一生。猶如被拋棄一般。我們不知道為什麼會這樣，不知道自己是被誰拋棄——也或許我們根本沒有被拋棄。

16

儘管數千年來那個終極問題始終讓我們惶然不安，不過今後有一樣新事物能夠為我們帶來鼓舞、慰藉和希望，它就是：科學。

眾所皆知，科學誕生於古希臘，然而它的雛形成形於更早之前——若干亞洲古國、特別是美索不達米亞文明在數個領域的研究探索都為其奠下知識基礎。科學在這三百年來取得驚人進展。近一百二十年來，引領時代風騷的已不再是開疆闢土的征服者、當代偉大心靈或藝術巨擘，而是由科學威風凜凜地躍居要角。

拜科學之賜，我們對周遭的世界、人類的源頭、我們自身以及事物的本質了解得越來越多。

憑藉名為「數學」的符號語言和思考能力——也就是我們大腦的運作——科學能夠為大量問題提供解答。無論是歷史、宇宙構造或人體機能方面的事，今日一個七歲孩童都比柏拉圖、亞里斯多德、史賓諾莎（Spinoza）或黑格爾（Hegel）知道更多。

科學呼風喚雨，叱吒天下。從修昔底德（Thucydide）、塔西佗（Tacite）到吉朋（Gibbon）、米榭勒（Michelet），由歷代偉大史學家胼手胝足墾拓出的歷史學，搖身一變成為一門科學。莫里哀在劇作中大肆諷刺過的醫學成為一門科學。其他許多學科不是已被納入科學羽翼之下（生物學、社會學、心理學），就是還在苦苦冀望能獲此殊榮。科學改變了世界，而它自身也持續不斷在變化。

17

從火、農業、車輪、文字、一神教到印刷術的發明，歷史始終變動不居。但它的變化相當緩慢。未來並非未知的——總是似曾相識，有些乏味，就和現在一樣嚴峻，時常令人絕望，但仍然被承受下來。明日與昨天相去無幾。

到了兩次世界大戰前後和二十世紀後半葉，一切事物、知識、道德、信仰反而變化得太迅速、太徹底，使得原本的羅盤指針失靈亂轉，弄得許多人暈頭轉向。過去是由哲學家、畫家、神學家和小說家輪番改寫世界的樣貌與翻轉舊思維，如今我們的一部分世界觀則出自普朗克

（Planck）、愛因斯坦、哥德爾（Gödel）、哈伯（Hubble）、波耳（Bohr）、海森堡（Heisenberg）、德布羅伊（Broglie）以及其他許多數學家、物理學家、天文學家的貢獻。就如同政治革命或社會革命產生的除舊布新作用一樣，一連串知識革命與科技革命——演化論，火車，電力，汽車，飛機，收音機，電視機，相對論，不決定論，核子學，電子學，數位科技以及革命性的量子力學（其奠基人之一波耳面對多方質疑說出那句名言：「如果你自以為了解量子理論，那就是你根本一竅不通。」）——也帶來許多效應和影響，使得我們的思維方式徹底改變。

18

科學是開啟新世界大門的鑰匙。隨著科學發展得越來越複雜，它變得與我們更切身相關。長久以來，科學對於大多數人來說是抽象的、遙遠的、事不關己的，但幾乎就在一夜之間，科學成了大家的希望——儘管這希望中摻雜著恐懼。作為科學子嗣的科技已經鑽入我們日常生活的每一層面。這百年來，無論從個體生命史或世界歷史的觀點來看，最具決定性影響的一件事正是科學的進展。我們從一個又一個的科學突破中總算找到一絲希望：有朝一日，我們將能夠了解世間的一切。

19

科學的進展始於約一百五十年前的達爾文。

查爾斯·達爾文原本攻讀神學，準備成為牧師，但登上「小獵犬號」展開的那趟環球航行成為他一生的轉捩點。在旅途中，他不只發現所有生物是從同一個源頭演化而來，他也揭露出一個當時仍不為人知的祕密：這個世界的歷史比《聖經》所教導的、比歷代學者所以為的還要久遠許多。

在長達數百年、數千年的歲月裡，人類全然不知他們所居住的這個世界已存在如此之久。赫拉克利特、巴門尼德、柏拉圖、亞里斯多德、聖奧古斯丁（saint Augustin）、聖多瑪斯、笛卡兒、史賓諾莎、黑格爾以及青年馬克思，他們都嘗試了解自己棲身的世界，但渾然不知這塊歸屬地已有多大年齡。波舒哀這樣一位偉大心靈和佈道師還堅信世界的歷史只有六千年。一直要到十八世紀，孟德斯鳩、伏爾泰和布豐（Buffon）才率先提出質疑。數字開始往上加：七萬年？八萬年？……是達爾文提出正中紅心的假設：他推算出的地球年齡和生命年齡簡直是斗膽地冒宗教大不韙，他的妻子艾瑪的確有理由大驚失色，擔憂這樣的結論一旦發表會招致什麼後果。

20

達爾文憑其天才得出的駭人又簡單推論，就此為科學的盛大舞會揭開序幕。生物學果不其然在接下來多年間成為顯學。不過，在人類思考和科學革命歷史上，能夠與數萬年前的那場認知革命相提並論、具備同等程度顛覆性的突破，要屬二十世紀初期躍居主流地位的物理學、數學和天文學研究。

在純理論性的計算以外，還能夠以越來越高能的天文望遠鏡進行實際觀測，數萬年至數百萬年前才出現於地球上的人類這才得以重新建構已有一百三十至一百四十億年的宇宙歷史。如此悠長時間裡不曾被看見、被談論的宇宙歷史，現在都在我們的掌握之中——即使不是以一年為單位，起碼是以千年為單位被重新還原。其絢爛繽紛已經足以讓我們的腦子暈頭轉向，任憑想像力恣意奔馳。

21

我們並不需要仰仗科幻小說裡天馬行空的情節。現實即已足夠。科學教我們的那些事已是最美麗的一部小說。最驚人的一部。更是唯一的一部。因為除了宇宙的歷史和人類的歷史以外，再也沒有其他可供敘說的始末經過。宇宙在人類存在之前經歷的那段不可思議演變過程，我們在此盡可能簡單扼要回溯一下。

首先是一個小點爆炸開來，以其釋放的巨大能量創造出空間和時間。比一顆沙礫、一粒塵埃或一個原子還要微小無數倍、肉眼不可見的一個奇點。它就是「阿爾法」。一切的起始。是的……一切的起始……

然而，在我們的大霹靂「之前」，在我們宇宙的時間開始「之前」，在「普朗克之牆」的另一邊，也許存在著未知的別的東西？像是一道數學方程式？其他宇宙？必然性？一位神祇？也許上述這些統統都有，或者還有其他駭人的、難以言傳的東西？

總之，我們的宇宙起始於一百三十至一百四十億年前。可能有一記鐘聲響起。可能有起跑槍聲發出。就像電影拍攝的打板那一刻，動作開始。

22

佈景早已安置就緒。既宏偉也神祕陰森。它是空無。當然，種種驚奇之事已經在其中上演。各種新奇的、嶄新的、前所未見、前所未聞的事。我們能夠想像，我們自顧自地想像，那少說數十億年的歲月（但既然地球、月亮和太陽還未誕生，可以使用「年」這種時間計算單位嗎？）是一部美麗絕倫也令人悚然的電影。但彷彿為巨人打造的這個巨大劇場裡，既沒有演員也沒有觀眾。它的存在有什麼用處？沒有。平白浪費而已。無論打造出這座豪華劇場卻任由它空置的是誰——全能的神？邪惡精靈？偶然？必然？……——我們不會對其報以好評。

23

我們最後不免忖度，從大霹靂發生到生命出現前的那段期間，宇宙是否真正稱得上是存在。是的，它當然存在：裡頭有能量，有力，有粒子，稍後有星星和銀河，再後來有太陽系和它的八大行星，其中一顆是我們的地球。但是，宇宙裡沒有任何人，別說是可以了解它和愛它的人，就連居住在其中，看見它、聽見它的人都沒有。宇宙當然存在，但運作得就像它根本不存在一樣。沒有形狀，沒有色彩，沒有香氣。沒有美，沒有真理。

當然，更別提等待：沒有人等待任何人做任何事，沒有人等待任何事發生。說到底，已經誕生的宇宙，它的「在」是一種「不在」。必須等到生命出現之後，宇宙這個勉強算是存在的存在，才開始具備勉強算是意義的意義。

24

某樣新東西突然溜進這個靜寂空蕩的宇宙裡，說實話，此樣東西就跟宇宙的起源一樣令人費解，卻即將與我們每個人融合為一體，成為日常生活的一部分。

啟發人類所有勝利頌歌、貝多芬《第九號交響曲》的合唱、《阿依達》小號演奏的那聲「大霹靂」巨響，在它發生約莫一百億年後（頗需要一點耐心，不是嗎？），開始欣欣向榮、走上正軌的宏偉萬有宇宙的一個微小角落裡，出現一個還沒有名稱、幾乎還不算是存在的現象。

沒有小號齊鳴的慶祝樂聲。沒有煙火。沒有「普朗克之牆」那類跨越不了的無形圍籬。沒有大霹靂。沒有大張旗鼓的一系列盛宴。完全祕而不宣。那是某種驚人也平凡的東西。足夠普通。或許還有點俗氣。靜悄悄地發生。幾乎是遮遮掩掩。看似沒有一絲動靜。但確實運行著。一個偉大未來正悄然醞釀當中。是什麼呢？是生命。

25

生命是什麼？你們再清楚不過了，因為你們活著。生命即是死亡。

這個世界被創造出來就是為了長長久久延續下去。但不是直到永遠！時間已經支配著一切。它已經戮力於摧毀一切。就如濕婆神[5]。就如迦梨女神[6]。總之，宇宙只會存在一段時間。生命從它的發端和初始階段就注定會走向終結。一個生命誕生，然後死亡，接著在他處重生。

隨著生命躡手躡腳溜進這個顯然空置無用的宇宙舞台，一些不知來自何處的奇異小東西也逐漸成形，像是：感性，痛苦，我們會稱作「個體」的一種神奇存在，嚴格遵循規律運作的萬物開始產生的自主性（後來演變為自由），當然，還有死亡。

5 譯註：印度教毀滅之神。
6 譯註：濕婆之妻，時間之神，象徵時間對萬物的毀滅力量。

26

我們清楚看到宇宙萬有的開端和生命的誕生有何不同。差異處顯而易見。當生命開始運作時，已經有什麼別的東西存在，而那場大霹靂是一切的初始起源。不過，這兩種開端之間也有相似處。

生命起源和宇宙起源都是個謎，同樣地深奧難解。沒有人知道生命起源的任何眉目，像是它的成因和產生機制。如果說生命來自地球以外的地方，這並非不可能，但也無法確定其真實性。生命的出現是物理條件、化學反應、嚴格的必然性與巧合的偶然性相互作用的結果。

就如同我們差不多知曉宇宙誕生的經過，我們也差不多知曉生命起源的過程，但我們並不知道那一切為什麼會發生。為什麼會有東西存在，而不是烏有？為什麼在宇宙誕生之後會有生命的出現？

我們要驚嘆的事還不止於此。

27

在人類出現之前，生物對很多事都一無所知，不知道惡是其一，不知道自己會死是其二。牠們當然都會死，但牠們不知道自己會死。

再後來，會有一小撮生物明白自己注定會死。就是人類。長久以來並不存於這世界上的惡，將隨著人類與他們那傲視其他生物的思考能力一同來到。

28

宇宙從大霹靂中誕生的一百三十億年後，人類的思考能力將這個世界再造了一次。

在這個奇妙浩瀚、靜止宇宙的一個微小角落裡，生命的出現帶來一切預想不到的事，帶來自主性，帶來痛苦，帶來死亡。是思考能力將仍然低如地上塵土的生命往上提升，為其注入美與真理。

就好像偶然性和必然性會繼續稱霸和左右一切。就好像既造了宇宙又造了生命的神已選定繼承者，準備功成身退。

這下子，人類難免要對歷史、對事物的秩序，以及對思考的威力產生非分幻想。靈長類動物由於擁有生命，已比物質更高一階，而人類因為具備思考能力，正攀到比其他靈長類動物更高的位置，驕傲將成為他們的標記。

29

靈長類動物裡更有能力的這一小部分成員在宇宙偏僻角落的一個小星球上顛覆了整個宇宙和生命，直到把神給取代掉，或把偶然性和必然性給取代掉。

整個過程顯然不可能在一夕之間完成。思考能力絕不是砰地突然落到地球上！我們無疑可以推斷大霹靂發生與生命起源的時間。但要推定人類初次以話語溝通的時間就棘手了點。至於人類腦中第一次浮現回憶、第一次擬定計畫，以及第一次愛情告白發生於何時，推估起來又更困難。可以想見那是以數百年、數千年慢慢醞釀演進的過程。也許人類先靠唱歌和口哨聲溝通，後來才有話語誕生？也許他們先用笑或微笑來互相交流，後來才以說話表達自己的想法和情緒？一種靈長類動物要演變為真正意義上的男人或女人，無疑是一個充滿障礙和考驗的漫長歷程。

30

我們不得不納悶，正在演變為「人」的這一種靈長類動物，他們為什麼能夠得到這樣的機會？他們之所以被選中是根據哪些標準？按照哪些準則？跑得比其他靈長類還快嗎？爬樹動作更靈活嗎？戰鬥能力更強嗎？單憑這些標準應該還不足以讓他們脫穎而出。更確切地說，挑選標準應該與上述恰恰相反，他們合乎的是下列條件：會自省，行動前會猶豫，不只學會昂首挺胸用兩隻腳走路，還學會思考，做決定前會考慮再三，不用暴力解決問題，懂得等待，富有耐心。雀屏中選的正是那些最弱的、愛幻想的、動作遲鈍的、會作詩的，思考能力讓他們勝過跑得最快的、最強壯的其他靈長類。

最奇特的一件事並不是看著一種靈長類動物即將演變為人，而是注意到絕大部分的靈長類動物依然是原來的靈長類動物。公平何在？總之，各種靈長類動物之間沒有平等。其中一些得到思考的權力和榮耀；而另一些依然過著卑微的動物生活。

31

關鍵在別的地方。是思考改變了宇宙。思考將其變為別的東西。思考不斷賦予宇宙新鮮事和新面貌。思考為其帶來驚喜，帶來等待。思考為其添上色彩。使其生機盎然。思考使宇宙成為一個劇場，人人都粉墨登場扮演一個角色。思考使宇宙成為一件藝術品，成為一件珍寶。思考就如魔法一般點石成金。人類的思考是這個世界的魔法。

但並非光憑人類，光憑這些男男女女就能讓世界變得美麗（美究竟是什麼仍是待定的問題），還有形狀，顏色，蜿蜒於山丘間的溪流，樹木和果實，遠方的山巒——這一切也總算成形，成為世界的一部分。

不久之後（究竟是何時乃另一個待定問題）又出現一個新的奇蹟：語言。其誕生也是無數繁複運作的結晶，說來話長。毋需在此話說從頭——我們不是學者，我們只不過是嘖嘖稱奇、為之驚嘆不已的傻瓜，我們在這數頁篇幅的唯一要務在於直驅重點，盡快述說一個又一個驚奇。

另一種匪夷所思、既嚴密精確且變動不居的事物也與話語一起登場，那就是：真理。它是天經地義、不可更改的，但也會隨著時空不停變動。它宰制世界和世上一切知識，任何國王都得對其俯首稱臣。

接著各種感情、慾望、美德相繼出現，例如：勇氣，憐憫，善良，公正，好奇心，野心。感情和美德並非與生命相生相隨，在人類的認知革命以前，並不存在這些東西。

也不屬生命伴隨物的另一些東西，更加出奇的另一些東西，同樣悄悄地來到這個世界，全面攻城掠地，並互相展開戰鬥，它們是：善與惡。世上有善亦有惡。我們追求善，我們逃避惡。怎麼選擇都是我們自己做的決定——而犯錯是常事。在思考出現的同時，某種神性的東西和某種惡魔般的東西也落腳定居在世上。

在善與惡之外，某種與死亡一樣強大的東西，比世上長久以來運行中的任何物質力量和任何形而上力量都更強大的東西，也將我們攻克，將我們征服，那就是：愛。

以海藻、水母形態開始的生命，最初僅僅（已經很了不得）為世上帶來一個個「個體」和最原始形態的「主動性」：這些存在物會痛苦、會死亡。是思考的出現，人類才第一次笑，第一次做計畫，第一次吃驚，第一次做出愛情告白，於是很久之後，我們有荷馬、柏拉圖、但丁、提香、莎士比亞、塞萬提斯、莫札特、歌德、雨果、愛因斯坦和畢卡索，未來還有更多。我們只需要等待。人類在希望和焦慮當中，透過思考與神——或說人設想出來的神——更靠近了一步。

32

就是這樣。你們還記得宇宙是從　百四十億年前開始運行嗎？這是一段多麼漫長而偉大的過程！被揀選出來的一小撮靈長類動物通過入門考試（在何時發生和如何發生又是無定論的問題），得到創造性思考能力，就此造就出無數奇蹟：英雄，聖徒，叛徒，刺客，絕世美人；悲劇，小說，神殿，交響曲，水彩畫，雙關語；各有其真理的各種宇宙理論和各大宗教理論。

是思考能力讓這些靈長類動物奇蹟般成為具有自我意識和責任感的崇高生物體，從而衍生出我們這個世上所有魅力和壯麗的構成要素：過去與未來，歷史，回憶與等待，希望與焦慮，喜悅與悲傷，詩歌，絕望，以及其餘一切。

是這些靈長類動物的思考猶如晨光般照亮這個世界。是思考第二次創造了這個世界，數十億年來並沒有意義的世界，是思考終於賦予它一個意義或某種類似意義的東西。世界的第二次創造超越了第一次創造並使其臻於圓滿。

33

稱為人類的生物（跟其同類和周遭世界都有奇特互動的生物）所擁有的這種思考能力服從於物理法則、化學法則和數學法則，是大腦和精神功能的產物；但人類會思考這件事就跟時間、歷史、生命或宇宙本身一樣是個無解的謎。以大霹靂揭開序幕，以生命出現為續篇的宇宙三部曲，似乎憑藉人類與他們思考天賦的勝利得以漂亮地寫下終章。

34

我們所生活的了不起世界果真是宇宙三部曲的最後一章嗎？我們仍然無法斷言。從宇宙誕生開始即不斷演進的歷史，何以見得會止步於人類演化史？儘管人類的思考能力如此卓越強大，但它不必然是宇宙歷史的高峰、頂點及最後一個句點。它很有可能像其他事物一樣終會消失——人類這個物種也將一起滅絕。

恐龍也是極其強大的動物。牠們支配地球的時間長達上千萬年——而牠們已經滅絕。現在任何事物都發展得越來越快，歷史進程持續加速，我們甚至不確定人類與其思考能力在地球上存活的時間能像恐龍一樣長。每個人類個體的生命都會結束，終會從世上消失。而人類作為一個物種，遲早也會以某種方式滅亡消失。

35

問題：

如果有一天人類和思考能力從地球上消失，在那之後會出現什麼？

答案很簡單：

別的東西。

36

歷史不會僅滿足於回頭向後看。由於預言家、基督徒、馬克思主義者以及各門各派未來學家樂於展望未來，歷史也有向前看的時候。報紙和書本喜歡預言未來。歷史渴望未卜先知。儘管任何預測都包含著風險。我經常引用黑格爾的一句箴言：「第一類歷史意識並非記憶。而是宣告，是等待，是承諾。」

人工智慧和超人類主義如今已經成為主流趨勢，我們近在咫尺的未來將充斥著科技的所有誘人魅惑。

無論更好或更壞，科學將更全面地宰制未來時代。在前幾頁提到科學是我們寄託希望的所在。科學讓我們了解過去的許多事。科學有朝一日能夠讓我們對人類的遙遠未來、對我們死後的命運多知道一點嗎？

37

答案是：不能。

38

必須再強調一次：關於我們所在的宇宙與其歷史，關於我們的身體，關於我們身體最精妙的機制，我們所確切知道的一切都是科學教給我們的。它掌管了我們的頭腦、記憶，甚至是思考。關於我們日常生活的一切，關於我們肉體軀殼、健康和繁衍的一切，關於我們如何落入時間洪流的一切，關於偶然性，關於博弈遊戲（例如那場引人注目、由人工智慧軟體對上職業圍棋棋手的人機大戰）的一切，極可能在明日就被科學顛覆。天知道，也許科學有天終將能理解並且闡明人類的情感、慾望和熱情，這不是不可能的事！也許還能夠解釋愛情的機制。別抱持幻想錯覺，沒有任何事阻止得了科學。只要是科學能做到的，它終將做到。

然而，對於我們最在乎的事，也許比愛情更重要一點的事，不是非同小可的事——總之，關於死後會發生什麼以及我們在永恆裡的命運——如此強大的科學卻無力提供答案。

39

科學和歷史是在已經流逝的時間和正在流逝的時間裡運作。它們知曉過去與現在的全部或幾乎全部。它們能預告近在咫尺的未來。但遙遠的未來不在它們力所能及的範疇。

它們對超越時間之外的一切更是鞭長莫及。科學或歷史永遠都無法告訴我們宇宙起點之前有什麼，生命終結之後會有什麼。儘管這兩門學科持續進展，一道「普朗克之牆」隔起的那一邊，以及我們每個人的死亡隔斷開的另一邊，兩邊永遠是科學和歷史的禁入之地。

40

我們這下在原地打轉，我們又回到起點。我們受惠於科學的地方很多，它教會我們許多事。但是科學的本事有其限度。它擅長紓解我們的好奇心，但它無法平撫我們的憂慮。

科學受到空間和時間的嚴格限制，它能替我們解答的問題，僅限於兩堵高牆之內的事——一道牆在宇宙萬有的起點，另一道牆在我們生命的盡頭處，那一邊關乎我們的源頭，另一邊涉及我們的未來——科學永無可能跨越到這兩道牆外。

我們僅剩下哭泣，僅剩下不確定，我們深諳許多事但也一無所知，這不確定感啃嚙著我們的心。

41

振作起來。別馬上放棄。我們再嘗試一下。從頭開始。我們這群可憐棄兒唯有了解這個宇宙才能找到平靜——我們幾乎知曉它的一切，就差拼齊這關鍵的一角了。能為我們解惑的，科學舍它其誰？

42

但成果似乎令人遺憾。我們至今掌握的顛撲不破的知識，都是科學知識。我們知道從阿基米德算出圓周率以來，世上公認的圓周率值為3.1416，我們知道地球與太陽的平均距離約有一億五千萬公里遠，我們知道任一個直角三角形，其兩股平方和等於其斜邊的平方。這些都是永恆不變的真理。在阿基米德之後，經過許多天才的接續努力，我們從生到死所經驗的這個世界都在科學的掌握當中。可是一旦探究起我們在永恆裡的命運，科學就愛莫能助。該怎麼辦？

43

在科學之前，是另一個思想體系長久支配著人類，它是：宗教。它們通常以巫術、上天的力量和男女神祇的形式呈現。而在距今三千到四千年前——約是人類發明文字的兩千年後——一神論宗教才姍姍來遲。宗教能夠重新回到重要位置嗎？如果宗教也無法回答科學未能解答的那些疑問，它起碼可以紓解我們揮之不去的焦慮嗎？

44

與科學相應相符的一個字詞是「知道」。至於科學解決不了、也許是關鍵所在的其他事物，與之相應的字詞是「相信」。

「相信」比不上「知道」。如果你「相信」某班火車會在十二點四分發車，你很可能會錯過那班車。光是相信還不夠：必須知道。無論在智識生活或日常實際生活上，凡是涉及數字和思想觀念層面的一切，「知道」的層級都遠遠高於「相信」。從柏拉圖到史賓諾莎，哲學家們認為「意見」（opinion）只比無知略勝一籌。但在希望、憧憬和信念層面，「相信」轉而佔上風。

科學培養「知道」的人並運用他們的所知，那些人是學者。激情、愛與宗教培養「相信」的人，教導他們該相信什麼，那些人是信徒。學者重視真理。儘管真理始終在改變，但它本身不容置疑。信徒在乎自己的信仰。信仰難以說明甚且難以理解，但是信徒一股腦兒接受。

說來奇怪，多的是信徒甘為他們的信仰犧牲生命，但沒有多少學者願為他們的知識捨身成仁。前者的實例包括：聖埃蒂安（saint Étienne）、聖保羅（saint Paul）、聖皮耶（saint Pierre）、聖巴斯蒂昂（saint Sébastien）、聖布朗汀（sainte Blandine）以及許許多多以身殉道的男女教徒（舉凡從猶太教徒、基督教徒、穆斯林、佛教徒到印度教徒）。後者只有伽利略。

45

宗教信仰幾乎皆以聖書、家庭傳統和教養為憑，它建立在相信之上。在所有信仰和所有意見當中，它是最堅定、最不容反駁甚至最不容討論的，也是最不可動搖的。

宗教信仰可能伴隨人的一生。它也可能突然來到，就此改變你的人生——就像保羅．克洛岱爾（Paul Claudel）一八八六年參加巴黎聖母院聖誕夜彌撒之後就皈依天主教。

宗教信仰與許多其他信念不同的是，它裡頭混雜著無知。由於本身的力量和不證自明的性質，宗教信仰是無知的對立面——然而它也立基於無知。這是因為：你唯有把自己的源頭和命運交予神全權定奪，才可能知曉自己的源頭和命運。而你，你樂於將自己交到祂手中。

立基於無知、讓人安然投入一輩子的宗教信仰，也是最常經歷自我懷疑、有時是自我折磨的一種信仰。偉大的男女聖徒——聖十字若望（saint Jean de la Croix），聖女大德蘭（sainte Thérèse d'Avila），德蕾莎修女以及其他許多人——都坦承過，他們的信仰始終伴隨著疑惑。

由無知與疑惑圈繞的信仰，有時近似於荒誕，甚而兩者無從區分。你不信不僅僅是因為你不知道，有時你去信更是由於你信心投注的對象是難以想像、難以置信的，是有違常識、有違邏輯的，簡言之：是荒謬的。「荒謬，故我信」（*Credo quia absurdum*）即是一句相傳已久的名言，雖然它經常被誤為出自聖奧古斯丁之口。[7]

承繼赫拉克利特思想的馬克思唯物辯證法經常受到世人青睞，甚至被奉為圭臬。但就細膩度，有時就自欺方面，某一種基督宗教辯證法（通常被視為耶穌會詭辯術）絲毫不遜於馬克思唯物辯證法。

7 譯註：出自特土良（Tertullian）《論基督肉身》（*De Carne Christi*）。

46

相信是莫大的好運道。擁有信仰是一種幸福。它比思想更有力，可以移動山。它以源自他處的光亮照亮世界。擁有信仰即能透過它給歷史找一個解釋。苦難的發生有其理由，從而成為可接受的事。一切幸福都來自於神的恩賜。感謝神賜路旁玫瑰，感謝神賜玫瑰有刺。

因為信仰，人們不只開始事奉神，為其唱讚歌，寫作、繪畫和雕刻也成為必要活動，從而成就出各種傑作：基督教宗教劇，清唱劇，安魂曲，神廟，清真寺，以及妝點信眾祈禱場所——各大教堂、宗座聖殿與簡樸鄉村教堂——的聖母瑪莉亞雕像、天使報喜圖、聖母升天圖、耶穌受難圖和耶穌基督十字苦像。

神不斷成為許多人們最優先的事奉對象，而信徒們不分年齡、國籍、階層、身分地位，人人為信仰而生，為信仰而死。

47

信仰是如此珍貴、如此模糊難解的事，它遠遠高於我們之上，它為每個人求取來自上天的幫助。也就是神的援助——我們所稱的「恩典」。

在基督宗教教會和神學領域，這份來自上天的恩寵激發出無數作品，包括從聖奧古斯丁到波爾羅亞爾（Port-Royal）、路德（Luther）、加爾文（Calvin）和詹森（Jansenius）的主張論述，帕斯卡的《致外省人書》，以及詹森派教義導致的大規模政治與宗教論戰。在持久的爭論局面中，具備新時代新精神的作家與國會議員促成法國千年王權的殞落。

在俗世生活領域，神恩所啟發的靈感也開出璀璨繁花。來自上天和宗教，與信仰不可分離的恩典不只在精神上、政治上和歷史上扮演一個角色，也在文學和藝術上發揮重要作用，拉封丹（La Fontaine）、馬里沃（Marivaux）筆下或華鐸（Watteau）、布雪（Boucher）畫裡的美女或萬人迷都不及神恩之美。

48

我很抱歉得再用幾頁篇幅來叨絮我個人的遺憾，這是我的義務。我必須向各位讀者指出，神、必然性、偶然性或遺傳基因都好，它們沒給我信仰的能力。我從未得到神的恩典眷顧。

我閱讀的聖奧古斯丁、聖多瑪斯、帕斯卡、高乃依（Corneille）、拉辛（Racine）、夏多布里昂、但丁、貝璣和克洛岱爾，他們堅定知道神存在。但另一些偉大心靈，諸如佛陀、伊比鳩魯（Épicure）、盧克萊修（Lucrèce）、馬克思、卡繆和沙特……，他們同樣堅定知道神不存在。神存在嗎？對此問題，我只有唯一的一個答案：「我不知道。」

歷代神學家與智者苦苦思索、鑽研卻仍然無法下定論的這個難題，我何德何能可以解決它？這樣一個兩三千年來持續爭論不休的問題，我何德何能可以做出決斷？我所能做的，只是表達一種感受：雖然我心中對這點極其遲疑，但我極其希望神是存在的，無論是以哪種形式。

49

我不知道神是否存在：我是不可知論者。大家太常把不可知論者與無神論者混為一談。這是不對的。無神論者絕不是不知道：他從某個可靠來源知道神不存在。我與他們相反，我殷切希望神存在。一言以蔽之：我用希望代替信仰。

我們對於超越時間之外的一切一無所知也無從知悉，那麼有一種可能性：信神這件事，就是希望祂存在而已。如果希望神存在，已經等同於信神，那麼，是的，我信神。

50

一個沒有神的世界會太不公平、太悲傷、太無謂。我們活在一個由時間主宰的世界，凡是由時間創造的，時間也終會毀去它們。這個世界裡雖然偶有幸福和快樂，但也見邪惡、疾病、悲傷與不公不義橫行。沒有神就沒有希望。我們唯一的機會在於：神存在。

如果祂存在，在這個希望中，這個世界所能做得最好的是：作為通道，將我們領入一個真理和公義的世界。

51

我們別產生錯覺了，我們幾乎還在原地踏步。本書從一開始陸續提出的各個問題，我們尚未能夠給出任何答案。儘管再三努力，我們依然不可能在這個世界迷宮裡篤定地前進，無論科學或宗教都無法鑿穿侷限我們思考的那兩堵高牆，為我們提供希冀已久而且是所有人都接受的答案。

對於宇宙開始之前的源頭和我們死後命運兩大謎團，在所有其他領域一枝獨秀、呼風喚雨的科學幾無用武之地。關於死亡之後的事，科學依然回答不了，關於我們久遠以前的源頭，它同樣無法解惑釋疑。

《舊約聖經》〈創世記〉裡對世界萬物起源的描述固然比亞里斯多德的版本更接近真正實情，但它仍然僅是一部詩意盎然的虛構小說。基督宗教發起過宗教審判和許多暴行，但在崇拜愛和美善這方面足以讓它優越於其他宗教，它不多久前還視科學為人敵，由於太常無視時代脈動因而總是被時代甩在身後，它已經失去很大一塊地盤。儘管此宗教有詩人、哲學家、溼壁畫、大教堂、安魂曲及求主垂憐曲，依舊難以說服頑強的反對者認同其信仰。至於伊斯蘭教，清真寺、宮殿、大學林立的輝煌已成過去，如今它因為若干信徒的暴力恐怖主義成為眾矢之的，恐怕得費盡千辛萬苦才能擺脫惡名。

宇宙大霹靂之前，普朗克之牆的另一頭究竟有什麼，數學家確實可以憑其才華（有時是憑天才般的靈光乍現）提出各種可能模型，從牛頓、哈伯、愛因斯坦的理論到量子理論皆有各自的道理論據，但絕無可能以科學實證性方法來證明。

至於各個宗教，它們大可夸夸其談，談宇宙和人類的起源，說死後的永恆是無垠的綠色原野，或者我們在肉體死亡之後將受到無盡折磨，它們可以提出各式各樣最精妙、最誘人的藍圖，但絕無可能獲得頭腦和心靈的一致認可（唯有科學有此能耐）。

儘管科學和宗教各有各的偉大，但同樣對這兩大謎團莫可奈何，既然它們也愛莫能助，我們唯有仰賴天真和喜樂了。

52

讓我們撇開《聖經》。撇開《古蘭經》。撇開教導我們如此多事情的科學。讓我們回到起點。我們從本書一開始就關注的是什麼？正是我們活在這個如此奇特世界（它顯然真實卻又似真亦假）的命運。

讓我們看看太陽，它看似繞著我們的地球轉動——但事實上不然。回到我們自身，試著去理解自己是誰，以及等待我們的命運會是什麼——雖然這是一個無望達成的任務，但起碼要試著去夢想、去想像。

53

當然！我們差不多知曉太陽的一切事。它的體積，它的年齡，它的物理狀態、化學組成，它運作狀態的數學模型，它與地球的距離，它與圍繞它運轉的八顆行星的關係，它與其他或遠或近不同星系的複雜關聯。我們曉得它的起源，它如何成形，它出現的時間，甚至是將會消失的時間。它差不多已屆其漫長壽命的一半：已存活了五十億年，還有五十億年的壽命。人類在五十億年後創造出人造太陽不是不可能的事。當然，五十億年過後，人類也可能早已滅亡。

但知曉太陽的一切事，知曉其他一切事，對我們來說還不夠。我們堅持不懈提出卻從未得到解答的問題是：這個世界存在是為了什麼？或者更簡單一點：我們來到這個世上是為了什麼？

54

這個世界令人讚嘆的，除了其複雜度，還有它的精確與嚴密。科學為我們揭開的地球歷史和地球結構真相，充滿大量（甚而可說是無可計數）容不得分毫誤失、差錯和偶然的機制與情況。即使在實際發生的成形與演進階段中，偶然性可能留下它的印記，但它絲毫動搖不了整個體系無可改變的嚴密性。我們已經知道：只要多或少一公釐，只要早或遲一秒，只要質量、溫度、能量有任何一點不同，整個宇宙構造會就此崩塌。人類也大可在他們所在的層面顛覆秩序——無論是好是壞，隨著時代演進，人類擁有的權力只增不減——但他們對於所謂的宇宙構造或宇宙藍圖計畫完全無力置喙。必然性始終主宰著這個世界。

55

宇宙形成和發展的起源是透過能夠自行組織的偶然性與必然性結合而促成——這樣一個常見的說法未免匪夷所思。偶然性能夠達成許多事，也的確完成過許多事。我們可以輕易列舉出大量具有說明性的例子——無論是大自然災難或大自然傑作。絕不可能發生卻又矛盾地發生的是：這些幸運的巧合機遇都朝著同一個方向，構成首尾一貫的整體。我很想天真地照單全收，但是天真也有個底限。比如，太陽絕不是偶然地升起。

眾所皆知，偶然是在理性範圍之外的一種「顯現」，來自於兩個或多個必然的不期而遇。能夠自行組織的偶然簡直就跟魔法一樣。如果是一系列持續發生的偶然最後成就了這個你們所知的精確嚴密世界，那麼這個世界可真是棒極了，它會是世上所有奇蹟裡最玄奧的一樁。

56

在此也得立刻承認，如果改以神來解釋宇宙的起源，其中的問題點也與偶然說一樣多。世界不可能是一連串接續不斷偶然巧合成就的結果，偶然絕無可能自行組織出一個世界。然而，由神創造出世界的可能機率一樣低。

反對神創論的人說：「你們從結果往回推到原因，越推越高，越推越遠，一直推到神去。但是神也無法跳脫這個無止盡延伸系譜的條件框架。祂自身也是更早的一個原因的結果，由此類推便無窮無盡。」

答案不在於抹除神這個謎團，更在於突顯它。如果神存在，祂不僅是奧祕謎團，更是謎中之謎。所有謎團無窮延伸的盡頭都是祂。所有不可理解之事都止於祂那裡。祂是能夠解答這個世界所有謎團的謎團。

57

我們斗膽談論的這位神不只是奧祕謎團。祂是人類創造出來的。顯而易見的是，如果是神創造了人類，人類也反過來創造出他們的神。他們所知曉或自以為知曉的關於神的一切事，都出自他們的思考和想像，出自他們的焦慮。一神信仰的神，在將近兩千年時間裡毫無敵手的這位神，在人類歷史裡很晚才出現。人類最早的書寫文字約在五千年前發明。最早的一神論宗教至多不早於三千年前。信奉唯一的神——一位創造天地的造物主，並非亙古以來的崇拜趨勢，而是相對晚近的現象。

在成千上萬年歲月裡，人類從未想過宇宙是由一個唯一的神掌管。古典時代晚期那些聰明睿智的希臘人和羅馬人尚難以接受有一個全能的神，一個創造萬物的造物主。那些反對有神論的人言之有理：人對神的概念與其說是神性，不如說是人性。

58

起碼在我們眼中，神是奧祕謎團。除了我們努力賦予神的一切存在特性以外，神並沒有其他實體。從未有人看過神。對每個人而言，神可有可無。神存在的可能性幾近於零。神就像一個帶來安慰的幻覺。神的存在那麼地令人難以置信。

此句話或許隱含了一個關鍵點。神的存在那麼地令人難以置信，然而不會比我們眼前所見的所有奇蹟更加不可思議，諸如：水滴，沙礫，讓宇宙萬物誕生出來的那顆微小粒子，光線，宇宙持續的空間擴展，我們一無所知的時間，歷史，細數這種種驚奇時的震撼，生命，由許多偶然構築的必然。神的存在那麼地令人難以置信，然而，不會比我們每日生活其中的這個奇特世界，比我們眼裡如此明顯存在的世界更加不可思議。

59

我並不是說神存在：我不知道祂在不在。我認為祂可能存在。我認為沒有任何事能阻止祂存在。我認為祂有存在的權利。就像鎮日陰霾的天空在一天結束時可能露出的一抹藍天。

60

基督徒沒有權利抱怨（他們也不抱怨）。他們不僅可以盡情相信有一位開創天地的獨一無二的神，他們還有幸親眼見到一位足為模範的人物，此人的存在與重要性在我們的歷史上是毫無爭議的事實，他是：耶穌。

人們要崇拜他、愛他時，起碼無須懷疑他是否真實存在。如果歷史上有一個人曾經在人類精神層面留下一道光輝痕跡，他必然是耶穌基督。

內容簡介

一部無比清晰凝煉的傑作。本書開宗明義即強調，人生充滿不確定性的眾多事物當中，唯有生與死毋庸置疑。然而，就和所有的死亡一樣，所有的出生都是個謎，而此謎的難度也許比死亡更甚。

作者認為，活著是每時每刻的事務。是最扣人心弦的體驗。是獨一無二的冒險。是最出色的一部小說。很多時候是麻煩。更多時候是苦難。有時何嘗不是幸運，有時又是恩典。它始終是驚喜、驚奇，偶爾會變成驚愕。

繼首部曲《宛如希望之歌》之後，讓．端木松以九十二歲高齡寫下這本《無盡的讚歌》。這位形而上學的偵探，始終努力不懈地追查探問，企圖為一個永不得解的問題找出答案——那個問題是：「我來這世上究竟是為了什麼？」

本書亦是作者人生的終章。在這部最後力作中，他興致昂揚地追索問題的謎底，透過對人生、信仰、時間和宇宙的不斷叩問，思緒或輕巧或凝重，字字句句都促使著我們去夢想、去期望、去相信：生命是我們唯一擁有的寶物。

作者簡介

讓．端木松 Jean d'Ormesson

法國知名暢銷文學作家。一九二五年出生於巴黎，畢業於巴黎高等師範學院，並取得哲學教師資格。曾任聯合國教科文組織理事會祕書長、《費加洛報》社長、部長顧問等，在外交、文化、政治等領域皆具有卓越影響力。

著作等身，一九七一年憑藉《帝國的輝煌》獲法蘭西學院小說大獎，其他代表作品包括有《悉聽上帝尊便》、《永世流浪的猶太人史》、《海關》、《觀看如跳舞》、《這世界終究不可思議》、《有一天我離去時還沒說夠》等。

一九七三年獲選為法蘭西學院院士；二〇一〇年獲頒羅馬尼亞奧維德文學獎。法國總統馬克宏曾向其致敬，稱其「代表著法國最優秀的精神，擁有智慧與優雅，是文字的王子」。端木松於二〇一七年十二月五日逝世，享年九十二歲。

譯者簡介

張穎綺

台灣大學外文系畢業，法國巴黎第二大學法蘭西新聞傳播學院碩士。譯有《女巫》、《藍色加薩》、《在莫斯科的那場誤會》、《柳橙園》、《重返革命現場：1917年的聖彼得堡》、《宛如希望之歌》（以上立緒出版）、《謝利》、《觀鳥大年》等書。

文字校對

馬興國

中興大學社會系畢業；資深編輯。

責任編輯

王怡之

東吳大學中文系畢業；資深編輯。

國家圖書館出版品預行編目 (CIP) 資料

無盡的讚歌 / 讓・端木松 (Jean d'Ormesson)著 ;
張穎綺譯. -- 新北市 : 立緒文化，民109.08
面； 公分. -- (新世紀叢書)
譯自 : Un Hosanna Sans Fin
ISBN 978-986-360-149-4（平裝）

876.57 109001089

無盡的讚歌

Un Hosanna Sans Fin

出版──立緒文化事業有限公司（於中華民國 84 年元月由郝碧蓮、鍾惠民創辦）
作者──讓・端木松 Jean d'Ormesson
譯者──張穎綺

發行人──郝碧蓮
顧問──鍾惠民

地址──新北市新店區中央六街 62 號 1 樓
電話──(02)2219-2173
傳真──(02)2219-4998
E-mail Address──service@ncp.com.tw
Facebook 粉絲專頁──https://www.facebook.com/ncp231
劃撥帳號──1839142-0 號　立緒文化事業有限公司帳戶
行政院新聞局局版臺業字第 6426 號

總經銷──大和書報圖書股份有限公司
電話──(02)8990-2588
傳真──(02)2290-1658
地址──新北市新莊區五工五路 2 號
排版──菩薩蠻數位文化有限公司
印刷──祥新印刷股份有限公司

法律顧問──敦旭法律事務所吳展旭律師

分類號碼──876.57
ISBN──978-986-360-149-4
出版日期──中華民國 109 年 8 月初版　一刷（1 ～ 1,500）

定價◎ 250 元　立緒